¿DÓNDE ESTÁ MI OSITO?

Para mi querida Rikka

Original Title: Where's My Teddy?

First published in Great Britain in 1992 by Walker Books Ltd.

**©1995 by Santillana Publishing Co., Inc.
901 W. Walnut St., Compton, CA 90220**

Text and illustrations ©1992 by Jez Alborough

Printed and bound in Hong Kong

ISBN: 1-56014-582-X

¿DÓNDE ESTÁ MI OSITO?

De Jez Alborough

Traducción de Mario Castro

Santillana

Eduardito fue a buscar a su osito.
Su osito se llama Alfredito.

Lo perdió adentro del bosque oscuro,
donde es horrible y nadie está seguro.

"¡Auxilio!" dijo Eduardito asustado.
"¡Quiero mi cama y mi osito a mi lado!"

De puntillas
caminó
y caminó ...

hasta que algo
lo hizo parar,
... y paró.

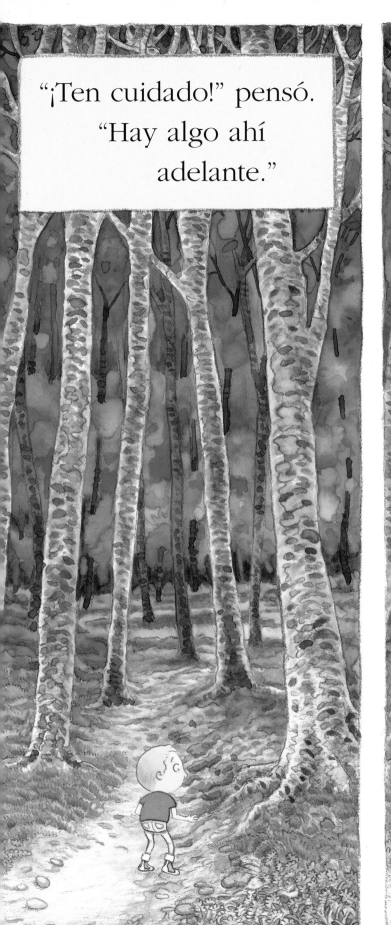

"¡Ten cuidado!" pensó.
"Hay algo ahí
adelante."

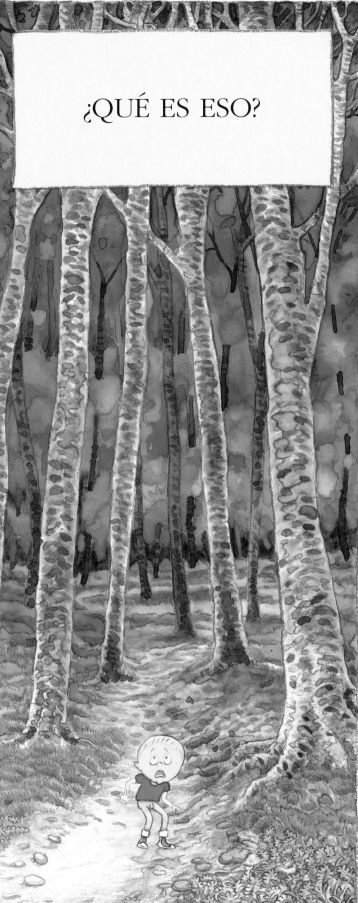

¿QUÉ ES ESO?

¡ES UN OSITO GIGANTE!
—¿Alfredito?"— dijo el niño—.
¡Qué sorpresa me das!
¡Qué grande que estás!

—Ya no te puedo abrazar y mimar,

y en la cama ya no vamos a entrar.

Entonces un sonido
salió de la oscuridad.
Un llanto se escuchaba
con más y más claridad.

De pronto el bosque entero
escuchó un gran rugido.
—¡Qué pequeño que estás!
¿Cómo te has encogido?
Ahora ya no podré
abrazarte y mimarte,
y dentro de mi cama,
¡no podré ni encontrarte!

Era un oso enorme
con un pequeño osito.
El oso caminaba…

¡hacia el pobre Eduardito!

"¡MI OSITO!"
dijo el osote.
"¡UN OSO!"
chilló Eduardito.

"¡UN NIÑO!"
rugió el osote.
"¡MI OSITO!"
gritó Eduardito.

Y por el bosque oscuro,
corrieron y corrieron
a sus casas tan pronto
como sus pies pudieron.

Se metieron en sus camas
y así acostaditos,
se taparon y abrazaron
y mimaron como siempre
a sus queridos ositos.